島嶼情書

曾元耀 —— 著

目次

阿嬤的手諭

阿嬤將勤奮的手諭
以柿的顏色押在長長的日子
成為一掌掌客家傳承
當陽光鋪滿大地，新埔開始柿染

以時間的強度擠壓身形
剝下層層青澀外套
澄黃的柿子皮放進大鍋，聆聽灶台的交代
只有它知道柴火說了什麼

客家的堅忍滲入阿嬤的掌節
依序綁好布的花紋
反覆絞緊生活的困頓，形成一種勤儉的印記
在布匹的身世中固結耐勞、沉穩的紋理

走向鳳山溪水岸，阿嬤緩緩搓洗

讓山水色澤藏入絲棉的隙痕

將日子的晦澀以歲月的明智洗清

藉著九降風拉開身段

陽光緩緩雕琢，慢慢安頓柿子染的顏色

從低調的褐黃直至質樸的灰黑

一匹布就恪守在客家的色調

長是儉樸、寬是硬頸

註：客家阿嬤劉老太太因做柿餅，需長時間削柿皮，柿皮
　　的汁液因此在老阿嬤的手掌與衣服染上黃橙色，很難
　　洗掉。由於這種特色，遂有柿染布的研發，有客家婦
　　女勤儉持家的印記。

※2016年第5屆海峽兩岸漂母杯新詩首獎

台南大地震後的祈望

擠過大廈的耳洞

在廢墟的那頭

俯瞰你模糊的表情

所有的喘息都在等待天藍

塵灰走向泥土

受難的人走向孤寂

也許你睜開眼時

世界上到處都是光

只要把夢的濃霧撥開

你就有了一切

這一片雨

屬於誰的哭泣

淋濕過的風景，都是畫

沒有仰望的天空

就無法數星星

沒有廢墟的一天

就沒有百年的繁華

別讓太陽干涉到你的腳步

讓老屋的窗縫漏進一些光影

緊緊蓋住床上的日常

※刊載於2016年創世紀夏季號187期
※英譯文刊載於2017年中華民國筆會台灣文譯雜誌181期

食神料理

自從節氣失序後
人們像一隻隻失神的流浪狗
在城市巷道四處奔跑
覓食殘羹剩菜

食神於是決定
重整每一失職的味蕾
要把失調的口感逐一回春
要讓舌尖可以品嘗出
稻穗上的陽光、
掠過田埂的涼風　　以及
吱吱喳喳的鳥鳴
要讓靈巧的知覺潛入美食
與醬、醋、蔥、蒜一起
密密攪拌、包裹
在各種風味中長途跋涉

抵達阿嬤的古早味

大自然的細節
在成為提神料理之前
會與鍋鏟協議
即使水裡來，湯裡去
也不讓美味失竊

再把今年剩下的春意
放入鍋內與生活的是非對錯
一起慢燉細煮
再用焦桐^{（註）}的手法
逼出趣味盎然的大餐
失敗的心情經過食神調理後
開始風情萬種

註：焦桐為著名美食詩人

※2016年吾愛吾家徵文競賽新詩佳作

芳春公寓的老靈魂

當空間只剩下一張床
時間只剩下老年
靈魂只能活在城市的邊緣時
我們的家還是同一個地址

彼此是熟悉的陌生人
都住在芳春公寓
每日面面相視且與世隔絕
影子呼應的姓氏
已不那麼重要

我們的夜晚都是
一樣的黑與長
活著的時候
臉都像門板一樣古老、斑駁

在我們的世界、我們的房間

老人的腳步踉蹌

是否仍然有月光落下

還可讓碎步來踩踏

天很冷，火很微

租屋老人撐著鬆垮的年齡

烤，慢慢烤

久了就有焦黃的老味

一張床不只承載一個人生

一條窄巷不會只走過一段歷史

記憶總是來了又去

但晒在老屋的日光才是永恆

身影來歷，如雲的流轉

一生那麼長的劇情

都複印在這個地址

而芳春公寓繼續

一個凋零抓走另一個凋零

註：芳春公寓是隱藏在嘉義市鬧區巷弄內的老公寓，長期
　　以低廉的租金提供老弱民眾居住。

※刊載於2016年有荷雜誌22期

在大屯山攝影

當黑暗慢慢抹去淡水河的所有細節

關渡大橋的燈光依然在閃爍

如果有星星在台北迷路

誰會在鏡頭的那端觀察並引導

即使你早已將落日細心藏在記憶卡

何時銀河才能走完你的愛與想像

在接近天堂的高度

將山林的寂靜拍下

以北極星為中心，放牧星軌

為了兜攏天空的詩意

星星不得不兜圈子

再用一個一個光影框住孤寂

讓生活住進影像裡

你經常以快門捉拿時間的印象

認為雲海是大屯山隨意渲染的詩
當雲霧湧起
來自高山的孤寂——醒過來
你要如何撥開芒草的酣聲
如何潛入秋日的夢境？

奮力撥開陽明山前吵雜的車聲
你以長焦鏡頭
將101大樓的身影吸收
使之成為像素、成為景
用許多色彩與光影
漸層包圍台北的容貌
讓琉璃光在時間留下鑿痕
其中必有一條是上帝留下的光

※2016年好詩大家寫徵文競賽新詩佳作

飛魚的故事

春天的陽光不斷晒著

彭佳嶼的銅藻與它上面

那些熟睡的小魚卵

慢慢地把雞籠的雨季晒乾

也把小小飛魚的翅膀

晒硬了

聽說飛魚的學校

在遙遠的南方

在黑潮經過的蘭嶼

等小魚兒會飛的時候

它們就要回去學習

如何辨別風向，避開颱風

如何聆聽黑潮的聲音

適時剪開海面

躲避鬼頭刀魚的追殺

於是我們選好一個乾淨的夜晚
把床鋪好，把夢墊得高高
等待飛魚來穿越
來說它們驚險的海上生活

※2016年基隆海洋文學獎新詩佳作

在東莒旅居的日子

所有東莒的奧祕

都可以分解為數條潛行的路線

而我正隨著小徑，走向岔路

即使傻傻的錯認，也可以

用幾個輕快的貓步換回

活在島嶼的細節

時間都比花蛤藏得更隱匿

從福正海灘的現場

海水路過了你的疲憊

螃蟹路過了你身上泥濘的城市

你在等白馬尊王的海

把你掀浪、壯闊

有窗敞開，就有視線

隨陽光棲息在遠方的林坳嶼

如果初夏有風，吹皺東莒的剖面

就不要讓風聲的尾音

藏著寂寞的痕跡

當陽台的心情被晒成古銅色

神話之鳥

就把大埔村的情緒飛得很高

就可以把天空展翅、展得很遠

佈滿路旁的野油菊

依然強勢，繼續

與又硬又冷的馬祖風　頂嘴

儘管馬祖的戰事已歇

砲管還是堅持

一個口令一個動作

刺向天空

在島的最高點

有東犬燈塔

努力架高星空

把周遭的海拉得好遠好遠

那瞭望是誰的眼神

長年舉著燈火

執拗地與黑暗推擠

風在耳後抖動冷冽冬季

說著瘦瘦的話

而肥肥的雲像生活餘事

飄來的時候，一點也不悲傷

我的愛情海圖已開始變藍

此時正適合航行到妳的港灣

那些遲遲無法運補的語音

有遠方砲聲來推送

有小小潮汐可以來洗濯
有蔓生的紅花石蒜來遮蔭
所以哪，我那打結已久的絮語
從此喋喋不休

※2016年馬祖文學獎新詩評審獎

世界真的會崩解嗎？

世界真的會崩解嗎？

暴雨重擊山林的胸牆

以倨傲的姿態踩碎小徑

雨水辭雲，土石辭山

山中的季節浮沉在溪流

厚厚的鄉土與日子就這麼

開始濕淋淋的流浪

土石流只不過

在修理這個歪掉的世界

然而，世界還是繼續崩解

海嘯輕輕抬頭

一張口就把整個海灣嚥下

翻過堤岸

沿途搶劫奔逃的時間

海水快速淹過我們的膝

淹過我們的唇

沖走未及收藏的吻

並越過抬頭紋上的憂懼

身體被沖垮

城邦——倒塌

妳揚起高高的手語向我揮手

世界就這麼與我們說再見

而明天，明天也許

暴風雨不再能嚇倒山林

海嘯也不再捲走神

※2016年刊載於有荷文學雜誌21期

在菊島望海的日子

之一：登西台古堡

槍聲已遠，砲手已老
孤獨是清朝後　你的最後一份氣質
是你給菊島的身影留白

每晚，星辰都拋開澎湖的海
前來與你傾談，說戍守的孤寂
海邊的馬鞍藤長滿紫色的花
試圖掩蔽過往戰爭的傷痕
龍舌蘭則直挺挺地站立
瞭望天空，守備敵情

我們打開古堡幽暗的隧道
讓陽光進來清理冬季的寒氣
登臨古砲台牆垣，俯瞰海灣的壯闊

朵朵白雲是天人菊隨意吐出的詩

我們拿出相機　捕捉外垵印象

整個西嶼的藍天

就全被藏進我們飽滿的愛情裡

之二：風櫃聽濤

老澎湖人說，風櫃洞

有三層樓高的古老

但隨著歲月流逝

他的站姿，已經逐漸風化

為了聽濤聲與噴潮

旅人得去時間之外的海岸

守候遠道來訪的長浪

浪濤開始撥動島嶼的寂靜

奏出風櫃洞澎湃的樂曲

究竟需要多少潮聲

才能奏出海的最高音

我們靜靜等待，從海的遠方

有進行曲的樂音漸漸傳來

依稀聽得，那是風櫃溫王爺

鹹鹹的吆喝聲

之三：北寮奎壁山踏浪看日出

閉上眼睛，晨星便從天空下來

安撫奎壁山前的海浪

並帶領旅人遲疑的腳步

從S型的礫石步道

踏浪，走到遠方的赤嶼

去探索日出的祕密

淺灘上的海膽、寄居蟹和槍蝦

都為我們的勇敢，熱烈鼓掌
海浪一波又一波，划過我們的腳印
不停翻查足跡的間隙
清理掉所有的城市敗德

海風努力拍落身上的疲憊與塵沙
我們趁機抓緊這瞬間的裸身
讓旅程的滿足開始日出
此後，我們就不再過問昨日

※2016年第18屆菊島文學獎入圍決選

妳在三餘書店看書

倘若妳已厭倦打狗的陽光

像夜行的貓，厭倦白日

那就執行夜間散步計畫吧

踩著港都的舞步

妳來到三餘書店，翻箱倒櫃

尋找更好的命運[註]

避開光天化日的時間[註]

妳從一個書櫃

流浪到另一個書櫃

等待詩集中的意象發情

在二樓，點一杯拿鐵

瀏覽窗外的時間，看末日遠行[註]

或是放任文字在中正路上奔跑

讓盛夏，從衛武營開往愛河

有時妳會躲進地下室

讓展覽的畫，映射妳的心情

有時妳會在三樓，扮演優質的文青

聆聽作家，把風景寫入妳的愛

妳知道，詩意終究

會穿過擁擠的書，向妳靠岸

註：《你沒有更好的命運》、《光天化日》、《末日遠
　　行》是詩人任明信的詩集名，任明信是三餘書店的核
　　心員工。

※2017年刊載於創世紀詩刊192期獨立書店專輯，並收錄在創
　世紀65年詩選

魯本的旅行

魯本，你來福爾摩沙
是否帶著忙碌到山岳野放
是否想找最荒涼的谷壑
來收容城市的噪音
在生活的束縛之外
你是否在尋找深山的避難所

挪移腳步，走入阿里山
沒有人注意到
你的眼神在發芽
跟星星借火
點燃眼底的狂熱
你想以徒步記下山岳的謎
讓自己像首詩邁向曠野

冒險是一種誘惑

也是一種成長儀式

登山讓人遠離城市、逃離枷鎖

你可以從一口小米酒出發

抵達細微的叛逆

可以讓雨溶解一身的龜裂

聽見鳥聲融化冰霜

聽見森林舒緩的音符

日子就有了穩健的步調

深陷山林的無盡沉寂

繼續喝一口小米酒

除去文明的矯飾習性

讓叢林養活不安分的靈魂

在雲海濯足，以日光滌身

使山野成為內在的養分

你遇見裸身的原始小徑

遇見躍動的霧

你以自身豐實的認知

測試遁世的能耐

在叢林裡，你看到時間

逐漸寒冷而凍僵

恍然探知那是落葉的歸宿

在旅途中你聽著江蕙的歌

究竟是哪一首歌

驅使你完成精神的朝聖

驅使你找最杳無人煙

最孤寂的地點

去埋下你的名字

註：1998年11月紐西蘭青年魯本隻身來台徒步旅行，預定
　　橫越阿里山，於12月4日離開沼平車站後，從此音訊杳
　　然。當時曾發動數千人次找遍大阿里山區，其父費爾
　　亦多次來台尋子未果，期間江蕙的歌聲曾在大阿里山
　　區廣泛播送，大大撫慰了費爾的心靈。

※2017年刊載於有荷文學雜誌24期

大稻埕的貓課

淡水河岸的商店還在微鼾
妳就以一個早起的貓步查戶口
潛入大稻埕，豎起尖耳
諦聽污泥進逼魚群的哀號

跟在香火後面，出入
霞海城隍廟的每一個虔誠膜拜
努力閱讀神明裁定的籤詩
記下季節的冷暖明暗

躲在巴洛克式旅店的屋簷下
聽各國口音在耳尖進進出出
以幾聲柔媚貓語溶化市聲吵雜
去星巴克，把長長舌頭伸進咖啡杯
舔掉重慶北路的八卦

在保安街棲身處，掘出藏妥的屯糧

貓牙卻咬不動一條乾魚

腦袋竄入鼠輩身影，無法安心睡去

每日祈求有理想的午寐

讓所有的呼吸都輕而易舉

偶然鑽進讀書會，換來大花臉

只好用貓砂蓋住垃圾話

再用盛滿寂靜的貓碗

細酌大稻埕的夜

妳經常貓身前行，與人磨蹭

任誰都試圖打開妳背後那層迷霧

吞食藏匿的歷練與滄桑

於是恍然，自己只是一隻落單的異鄉貓

不時須拉高嗓音，街頭突圍

一隻貓究竟要閃過多少巷弄的轉角

穿越多少敵意的腳

才是台北貓？

※2017年刊載於有荷文學雜誌25期

在霞喀羅古道遇見雪山飛狐

「山是否可以成為一生的信仰與寄託？我的骨是
水做的，今生註定要在山林裡奔流。」

——雪山飛狐（kikika）

葉脈上的水滴敲在土地
發出小小回音
啟動山澗的寂靜
妳讓腳步再次踩進山裡
海拔決定它是山岳的印記

攀走於山徑之夏
習慣用沉默鋪設妳的獨行
妳因而瞭解
交錯縱橫的刺藤
是鋪設在古道的拒馬

霞喀羅大山的雨水

善於洗滌傷痕

也善於滴落涼意

與山風並肩

夏日就有足夠的清醒

微光中，妳沿山路往上巡狩

如山羌不停穿梭

梳理山林間的霧氣

採擷狗尾草結繩以記事

尋找時間遺失的痕跡

用登山杖探勘更遠的視野

妳渡的不是河

而是獨行的時間之河

山徑上所有的風

都是妳的呼吸

妳有時伏地傾聽

傾聽山的腹語

有時攀高瞭望

望斷懸崖的砰然潰散

妳有時聽泉

聽泉不是聽水聲

是要聽潮解的日子

如果月光不夠明亮

是因為山不夠高

如果寂寞不夠淒苦

是因為腳不夠遠

如果你的骨是水做的

那是因為妳的淚不夠乾

一隻帝雉緩緩

從妳年輕的憂鬱展翅離去

疤痕就像一道閃電

瞬間割開一生的傷痛

又幻化成雪山上的飛狐

飛越最後的夢境

註：雪山飛狐（kikika），本名陳怡岑，就讀清華大學中
　　文系，民國五十九年出生，八十四年六月二十七日在
　　宿舍中結束自己的生命，骨灰埋在她最鍾愛的雪山。
　　kikika就讀清華大學中文系時，參加清大山社，以十八
　　尖山為練習體力的地方，登過許多大小山峰，在BBS
　　站上暱稱為「雪山飛狐」，曾在八十二年颱風過後，
　　一個人背著廿五公斤的背包，手持銅門山刀，征服霞
　　喀羅古道。當年的陳怡岑從五峰清泉石鹿進山，花了
　　三天二夜的時間獨自走完霞喀羅古道全程，謂為登山
　　界的傳奇。

※2017年新竹縣吳濁流文學獎新詩入圍決選

望安海風

潘安邦的春笑

在外婆的心情上

植下長長的望安海風

在島嶼的海岸線上拉花

將仙人掌上的太陽，吹離夏天

註：百字玩詩是由特定的132個字詞去組合成一首五行以內
　　的詩

※2017年澎湖百字玩詩微文優選

再見瑞岩香米 _(註1)

「沒想到收藏冰箱內38年的穀子，還能栽種出瑞岩泰雅族人朝思暮想的香米」

——鐵木・尤幹（楊茂銀）醫師

你已習慣寒冬

習慣不見天日的冰箱生活

你還在沉睡嗎

還在冷霧裡等待湧現的光嗎

習慣於編織古老稻穗的夢

彷彿聽到時間不停敲打著戰鼓

與遠古的祖靈和音

你背對地心引力

決定走向光

祖先留下一個夢

你的身便沾上Pinsbukan的土 ^(註2)

遵循生命的輪迴

原始種香糯米搭著晨光

走回高山原生領域

走向撫育你童年的泰雅族

抵達香米的初生地

族人準備了曠野、雨水和陽光

啟動瑞岩部落發祥村的愛憐

讓山川餵養

回應穀粒的再生

部落耆老高阿櫻

將一粒粒穀子播進族譜

種下對故鄉的執念

以母語為肥料

以雪水伴著淚珠澆灌

不停吟唱奇萊古調來催芽

晒傷的汗水深深滲入老阿嬤

以及她的Tbula基因（註3）

在琥珀色的米粒上紋身

在Gagga中結穗（註4）

收割稻穀，疊起秋天的高

細長的穀芒

跨過晨光，越過夏天

抵達一年的豐年祭

讓穀粒的每一分膚色

融入山色

讓日出之光

抹去原生米身影的蕭條

滋長身世的純淨

孩子，生命將帶你看到

Masutoban的時光（註5）

堅忍地存活在

族群的根、祖靈的體

在繁花盛開的澗谷

在頷首笑顏的日常

輕扣生命的重

爬梳符碼，繁衍瑞岩記憶

讓種性Pu'ing學會強韌（註6）

在Tayal的源流中（註7）

成熟恆久地呼息

註1：原生種泰雅稻米因稻熱病而絕跡，38年後卻因一包被
　　　冷藏在鍾文政教授冰箱內的稻種，奇蹟似地回到原生
　　　地泰雅瑞岩部落Masutoban重生，啟動一場Tbula（銀
　　　珠香米）復育計畫。

註2：Pinsbukan，泰雅族的發源地在Pinsbukan，位於南投
　　　縣仁愛鄉發祥村

註3：Tbula，泰雅原生種糯米，又叫銀珠香米

註4：Gagga，泰雅族多義的詞彙，可為規範、祭典、部落
　　　組織、祭祀團體

註5：Masutoban，泰雅族瑞岩部落

註6：Pu'ing，泰雅族重要的文化關鍵字，意涵為「根源、
　　　家系」

註7：Tayal，泰雅族

※2017年玉山文學獎新詩首獎

卡露斯的回家路 ^{（註1）}

回家總該有個目標

那就舊好茶吧！^{（註2）}

隘寮溪不是我的路障

它是我的傷口

我的戒律

我的生活是觀察山霧的變化

在被人遺忘的高度

以冷靜的晨光，欣賞遠方天際線

每天陽光越過我的皮毛

越過我的懶散

所有的光線都隨你取用

寧靜也是免費的

不需回答人類的問句

就是最幸福的事，每天

有很多山頭與我閒話家常

在樹與樹之間

都是山的聲音

原來，山是寂靜的

在大武山與旗鹽山對峙的凹陷處

我經常在此狩獵過往記憶

用來撐住古老的日子

醉酒只是思念時的一種軟弱

癱睡是我偶然糊塗的樣子

退守、隱匿

如果是在大武山

彷彿，就該在石板屋

我要把石板的青苔磨成溫床

在祖先的懷抱重新長大

屋外的黑暗、上帝的責難

都離去，都無所謂了

此時寂靜最幸福

繼續留下來

日子久了

名字就會成了故人

註1：魯凱族遍布高屏山區，大武山是族人的聖山。魯凱族
　　　耆老奧威尼卡露斯在88風災後，覺得族人在外顛沛流
　　　離，很是難過，遂有溯溪，沿著舊有古道，回歸老家
　　　石板屋，回應祖靈的呼喚。
註2：舊好茶是魯凱族的古老部落

※2017年第16屆大武山文學獎新詩優選

巡山手記——大武山歲月

巡行、探索大武山
就應讓視線與山林對看
讓眺望
從一條稜線開始

把百步蛇當成夥伴
是擁抱大山的第一步
我們要遠離馴服的步道
跨越斷崖殘壁
讓風雨
在路過的小徑鋪設青苔
在巡山人的靈魂刺青

聆聽Gadu的聲音 [註1]
就可聽到土地與山蕨的對話
將耳朵貼近懸崖

有熊鷹飛過

就可聽見祖靈的笑聲

在沒有路徑的森林

由黃喉貂走出的路跡最美

我們勇於與Vulung相認[註2]

與飛鼠一起闖蕩

嗅聞風的味道

讓山羌成為辨識危境的導師

行走在九月

手上拿著砍刀

一刀一刀修飾山的鬍鬚

Zuring像無邊無際的教室[註3]

學習傾聽崩壁、雨水、風倒木的聲音

背熟每一條山徑獨特的符碼

身分及生存的脈絡

所有走過的日子都需與山勢磨合

巡山的腳印會成為山的獵徑

成為山的故事

而我將從陰暗的谷壑

繼續往上攀爬

直至Kavulungan懂我^(註4)

註1：Gadu，排灣族語，意為山

註2：Vulung，排灣族語，意為百步蛇、蛇王

註3：Zuring，排灣族語，意為山林

註4：Kavulungan，排灣語，為多辭意，意為祖先或大武山

※2017年第16屆大武山文學獎黃金組優選

恆春之西，山海之上，寫給海境

沿著後灣路，穿越山海漁港
我們來到國境之南、恆春之西
為了近身聽海灣說故事
我們竟然在一片綠野中迷了路
幾隻黃牛路過我們的慌張
就近引領海風，慢慢、慢慢
帶著大夥兒，敲開海境的門
所以啊，今日減肥至此
體重計上約剩幾公斤的輕鬆

這裡的日子很慢，黃昏更慢
我們都要很用力，很用力
才能將太陽拉下去
才能有紅柴坑的鮮魚當晚餐
還有啊，就是要喝，要喝
幾罐清涼在地啤酒
把汗水從城市的心情，逼出去

逼到港灣去浮潛

這裡太曠野
怎麼，就睡不著了
那麼，就讓調皮的臘腸狗來　陪妳
就讓多情的銀河來　叩妳
就讓閃閃的月光海來　敷臉妳

我們在白屋的天空，等待
金星與水星來拜訪
等候晨光與呼息對話，等待
一艘小船從黑潮載回湛藍的海
讓我們在回防的日子裡
有足夠的深度，可以
從城市的重量下　脫逃

※刊載於2017年有荷文學雜誌26期

在稜線的日子

十一月時，身體

需要一條山徑來遠離城市

需要一棵青楓來落下多餘的傷感

需要一條稜線來瞭望明日

我把背包塞滿多樣的文字腳程

從山城的早安，開始登山

每一踏出的腳印都屬於

梅花鹿的跳躍步

穿越山林，與山風交換

遠方風雨的情報

與青苔並行，與岩壁磨合

削去多餘的稜角

沿途披上星星、月亮、太陽

我在自己的喘息聲中

巡視山岳的胸襟

側身，緩緩逼近稜線時

我還是記得凝望天空

是否有逆風飛行的黑鳶

指引我往更高的大山前進

※刊載於2018年吹鼓吹詩論壇32號

側觀蚊人

當你決定從你的55歲

走進喜菡文學網時

你其實就是從地圖上

一個乾涸的座標　　出發

準備征服自己美學的軟弱

知天命與不智，相隔

往往也不過幾張薄薄的日曆

你坐在生活的餘爐上

談著過期的夢

你知道失去敘事的能力

也就失去生活的能力

從破落的牆垣

可以看到屋子的內涵

從破舊的外表

可以看到內心的侷促
你，決定辭退斷垣殘壁的年齡

就像雕刻師坐在漂流木前
先要認識甚麼是山林
寫一首詩，也是一樣
你得先認識文字的家世

撿拾體面的詞句
你開始堆疊一座城堡，做為
山林往返、放置歲月的窩
你也用高聳的詩
撐起一座燈塔，讓遠方可以
瞭望到你閃亮的孤獨

天氣偶有風雨

生命偶有奇航

你從不知道燃燒了甚麼

只有歸航的船，知道你照到了甚麼

註：蚊人就是曾元耀的古早筆名

※刊載於2018年喜菡文學網20周年紀念書

吉絲卡的願望

當四肢只剩下一條右腿
還可以將生涯換新嗎
還可以讓花東縱谷公路
從她先生的斷肢向外延伸嗎
吉絲卡堅信，生命
仍可由路的任何一段走起

來自菲律賓tagalog的歌聲
可以隔離夏季的燥熱
她的笑聲以淚水醃漬後
就可以成為全家的護身符

她的靈魂有愛，堅毅是她的語言
身障丈夫是她的工作重心
她的眼睛善於拆開先生的內心
引導先生以口足來繪畫

從繪畫中，她們找到生活的亮點

讓多色彩的筆觸，啟封心中凍結的情感

吉絲卡從不用蠻力與時間決鬥

她把愛倒入調色盤

把自己漆成暖色的妻子

成為南島風味的母親

註：吉絲卡是來自菲律賓的外勞，照顧職傷導致雙臂與左
　　腿截肢的簡慶東，因為不忍，就嫁給他，後來她成為
　　全家的支柱。

※刊登在2018年創世紀194期春季號女力專輯

九族櫻花祭櫻花詩

之一　魚池櫻花夫人

別邀我翻山越嶺

去安慰您的冬日傷感

我已在水沙漣的早春

織好一片櫻花天空

等候英雄來探訪，您

無須修飾容貌

無須探詢我的身分

您只需應答九族的緋寒櫻

是否要將山谷燒成一片豔紅

啊！我還是忍不住要告訴您

我是魚池櫻花夫人

之二　櫻花吻

不需要一個吻

來告訴我們，幸福是甚麼

當一朵櫻花落在臉頰

妳就會知道，有一種豔紅

緋寒櫻都已吻在妳的笑容裡

※2018年2月九族櫻花祭櫻花詩

為簡秀英醫師三幅得獎油畫寫詩

之一　夏豔

在時間的一方，水的上面

花的初夏，在長焦鏡頭的遠方

白鷺鷥以翅翼抖動陽光

揚起枋寮的風情

我將鏡頭貼近漣漪

日光似乎長滿倒影、長滿故事

每個影像都有

鄉野特別安排的夏日色澤

映襯著邊境心事

這時，我應該以長時間曝光

來詮釋鳥之雪白，就如

我應該以長時間的追求

來詮釋我對鳳凰花的愛

之二　路燈下

最好的日子是

將爸爸媽媽的叮嚀

用手，搖成一杯又一杯的珍奶

以整個夜晚來啜飲

祭典時，時間變得輕緩

孩子們把各自的故事端出來

用排灣的母語來品嘗

彼此切磋日子的玩法

想辦法拆解老師的教條

找到最不痛的答案

同時也將學校裡的恩怨情仇

用簡單的加減乘除算出一條捷徑

活動結束時就可以快樂地回家

之三　就是愛玩水

你常常認為

下雨的時候，天空比較近

晴天的時候，天空比較遠

常常以為，將腳抬高

就可以走得很遠

以為，海就是這麼點深

一踩下去

就可以踩進太平洋

想要有影子，就得走進光

想要成為風景，就得走進水的鏡面

因此，你的小鞋子

努力踩來踩去

將足跡踩進地球裡

註：這三首詩是為內人簡秀英醫師的三幅得獎油畫所寫

※刊載於乾坤詩刊2018年87期秋季號

接吻之前，我有話要說

老實說，妳什麼都好

離完美

只差一張結婚證書

而我也要告訴妳

只要再加上一張結婚證書

我的資產負債表

就可以平衡

我是妳身邊

未婚的即期空白支票

所以妳必須要非常快樂

這樣，支票看起來

才不會悲傷

也才能如期兌現

我的時間裡最重要的意義

不是過去，而是妳

我要把整個世界拉過來

彷彿那是妳的手

昨夜的吻

是無法破解的謎

我想告訴妳

妳的唇形柔軟、溫潤

能讓每一句私密話

都找得到依靠

妳知道嗎

被妳吻的人

都會變成詩人

我在想，接吻之前

是不是要先把天空寫滿

當天空的雲被吻擦掉

全世界就會看見詩

※收錄在2017台灣詩選

請問南投陶

聽說你曾舉起玉山之重

用掌紋不停磨練黏土的氣質

聽說你曾以奇萊的雄姿練習呼息

用千度的烈火鍛鍊靈魂

聽說你曾讓大甲溪甘甜的水

溫潤三顯堂的茶香

請問南投陶

你的茶可以讓我續杯嗎？

※2018年南投地誌詩徵選首獎

蚵農秀玲的日子

我的角色一直以來
都不是我的，是身分的
自廣西嫁做嘉義東石人婦
我努力在潮汐裡翻滾、改變
只要座標在，身分就不會迷航

如一粒蚵仔潛入潮間帶
就是我在異鄉的身影
一雙粗礪的手，就是我的名片

我的溫柔比蚵殼強硬
我是野生的蚵
不是外籍的軟殼蟹
如果我是顆蚵仔
為什麼要偽裝自己是蚌珠

將身體交付給潮汐，讓它成為主人

接受浪濤的沖刷與磨練

日夜不停養蚵、收蚵、剝蚵

我不在乎海的深度

只在乎，海能給我多少蚵粒

讓我能在汗水與傷疤間

堆疊一座家的蚵堡

※刊載於2018年創世紀195期新住民專輯

我是芙里尼

日光緩慢，城市用很長的時間，將我的曲線拉成一座雕像。

我是芙里尼，曾住在海邊，每日搬運各種層次的雲。現在，則把城市的身體當成營地，在水泥叢林間，升起篝火，四處征戰。

發生在黃昏之後的時間，都屬於我的生存紋路。我有足夠的甜言蜜語，來尋覓空間的耳朵，如果他們喜愛聽，我就是在說謊，如果我說了謊，就一定可以取得他人的信任。我經常繞過異國語言，在社會的邊緣，找一條巷弄來除錯。

我曾收納過數百箱的日子，每一箱都塞滿嗷嗷待哺的生活。我也經常走在鋼索上，成為特技演員，讓城市的風引路。常常預言自己會躺在砧板上，等待時間的刀片落下，每日持續累積死亡的經驗。

多久了，我只是為黑暗而活，一路上，所有的寂寞洶湧而來，也只能拍拍身上的風塵，製造一點電影特效。我經常離群索居，放棄陽光，也經常手上拿著一把匕首去散心。也曾在城市的缺口，找尋高低不平的霓虹夜色。我的城市日子經常住進加護病房，有時因為重症，有時因為耳語。

寂寞，常是為了個人自由，我厭倦霓虹的夜、彩繪指甲，厭倦你的頭髮、我的影子。不是無情，是因為我厭倦人的生活，一心期待，黑夜能濾掉白日的吵雜，浮雲能濾掉城市的喧囂。

調酒台上，我對著陌生客，介紹我自己。我叫艾咪，對，我叫艾咪。我想起我也叫芙里尼，流動的風景，活在廢墟，竄改時間，編織城市的意象。以各種身分支撐世界。我是總經理特助、印象派畫家、模特

兒、吧檯調酒員、文案工、廚娘。我反射了一個
時代。

深夜裡，與酒並肩同行，說夢話，與死神互嗆。用
力將一座城市的騷動拉平。在深淵，我持續無助，
危急，但還完整。我仍難逃命運的撥弄，我有足夠
問題，足以懼怕。我的風格讓我無需卸妝，就全然妖
怪，妖怪並不是要被膜拜，而是被人們害怕。

屢屢思考，如何繞過沉默，繞過聶魯達，對，要繞過
聶魯達，回到受傷的愛。

為了生活，我得回歸城市，讓自己作為街廓的註釋。
我無暇去看自己老去的側臉，也無力去撐起駝背的年
齡。我得建構履歷表的虛假、錯誤，向街頭文化借靈
感，從西門町後街的塗鴉，尋找出口。然後，緩慢、

低調穿越街巷的咆哮，越過明亮的城市邊界，像流星
般快速逃離。

我給情人笑聲，他選了吻。我們坐下，從油畫太豔，
談到，如何將龐大的囈語收存在愛。但我仍要詰問，
愛的純度夠嗎？
我們的語彙，瞬間縮緊，回到失語狀態。

※2018年第14屆林榮三文學獎小品文獎

讓

把田埂讓給草
把草讓給路過的鴨鵝
我們開始後退

把田讓給樹
把樹讓給毛毛蟲
把毛毛蟲讓給蝴蝶
把蝴蝶讓給曠野

我們繼續後退
把土地讓給蚯蚓
把蚯蚓讓給鳥雀
把鳥雀讓給天空

我們退無可退
只好把鳳梨讓給田鼠

把田鼠讓給石虎

石虎走過里山

又把仁慈讓給佛門

小沙彌進入佛門

輕輕敲了一聲木魚

地球震了一下

開始安詳

※2018年第8屆星雲文學獎禪詩佳作

西門町後街的聲音

解開領帶與沉默

披掛時髦的符碼

伺機潛入西門町的街頭

讓寒流梳理一下燥熱的心情

在失序的清晨，酷炫穿越

一滴自在的油漆

若能占據後街的時間

就有無數倔強的抵抗

在日夜交接的間隙

嘗試解碼西門町的昨夜

就有重版的聲音從牆壁傳出

對空間　抗議

認識鬼飛踢

是認識西門町的第一步

你經常隱身在後街的塗鴉

以一罐罐　邊緣語言

將日子塗抹在牆壁一角

以霓虹燈增色

後街的呸或嗆聲

就會逐漸裸身

塗鴉滲入老牆、滲入地景

彩色符碼微微顛覆生活的步履

且與地下方言一起

解放文化的制服

牆上的塗鴉永遠比不上

女人臉上彩妝的閃亮

也不如夜晚的黑

一點點陽光

就會移走塗鴉的名姓

後街的一切，不過是閃過的吶喊

註：西門町後街是指靠近淡水河邊，大致上由昆明街、武
　　昌街、康定路與峨嵋街所圈圍的區域，是西門町較老
　　舊的街區，也是塗鴉（鬼飛踢）的大本營。

※2018年刊載於吹鼓吹詩論壇第36期

貢寮水梯田的日子

太陽在坐，時間更新了季節
三月的貢寮是清晰的
山在遠方，水在近處，而斑駁的臉在梯田

不論生活的重或輕，老農都必須走進田裡
傾聽水聲，以水量調整節氣
與日頭打招呼，借來陽光刷亮生存力

水梯田的天階，吃下過量的山溪水
收納雨水的聒噪，涵養水源，抗拒暴雨
調節洪峰，抵抗過激氣候
讓魚蝦循著滔滔水流，找到安身的水文

彎下腰桿，老農將草芥翻入田裡
將時間翻土，以春泥庇護水稻
將生活的種子埋進去，春天就會開花

讓水的冷、土的深，馴化貢寮的節奏
用木耙子替水田刮痧，以田水餵養梯田的老
不停莝草，撫慰禾根的瘦

稻田問老農：你的腳，知道你的土地嗎
老農只是默默犁著田，於割稻時，故意留下
些許穀粒作為野生動物的食物，留下
對生態棲地的體貼，來回答貢寮的水梯田

※刊載於2018年新北市文化局出版《詩說新北》專輯

又海又老的日子——寫給馬祖海老屋

厭倦城市的方方正正
我決定流浪到馬祖，把自己
躺成古老的石板路，任令
戰地的海風，路過我的心情

望海的門在閉上眼睛後
已經老成一堆灰塵
海老屋的主人用溫柔的手
將灰塵輕輕揚起，拍走霉味
放幾道慵懶的陽光伺候我

牆角風扇，嗚嗚吹著
彷彿要把舊日的煙味趕出去
可是，那模糊的菸影
不就是詩人遺留下的身影嗎？

打開窗子，究竟是要讓濤聲進來

還是要把藍色的眺望伸出去

此時屋外一陣閃電

引誘旅人走進島嶼的風景

去拜訪多風多雨的孤獨

島嶼有一雙鋒利的牛角

海老屋的主人則有一雙銳利的眼

藏在又海又老的屋子，我一直在思索

究竟，他是如何揹著海

如何頂著天，如何望向海，如何在

牛角尖的沙灘看出明天

枯樹還有天空可以部署黃昏

我們的黎明，還有沙灘

可以部署晨曦

就任海風隨意將我翻身

讓潮汐一次一次，將心翻紅

讓馬祖繼續翻轉他的日子

※2018年馬祖文學獎現代詩入圍決選

黃金食譜

說到規矩，在我們家裡
偏見不能成為主見
偏食也不可以當成主食
我們的生活經常無啥味道
但非常注重一糖一鹽
無非都因關乎銀髮人生

常將乾癟的日子用口水泡軟
如鍋中一條條軟Q海參
有時也燉煮一鍋獨白
將生活的酸甜苦辣
熬出一齣精采的內心戲

經常偷聽廚房的喧囂
鍋鏟不停撞擊
各國風味在爭執誰是主菜

柴米油鹽醬醋茶

都聽任老婆來血拚

古舊的日子

不時瀰漫暴走的香氣

香味四處飄蕩

煎熬每一個家庭成員的胃口

餓號聲，此起彼落　響起

有時，水煮一盤秋葵

再用醬油淋上深情菜色

給失神的外貌添加烏亮色澤

多角形的心情

在黏稠口感下逐漸圓融

將長長的舌尖伸入濃湯裡

努力舀起愛人的汗水

呷一口古早的料理

就可品嘗到高齡的嘮叨

※刊載於2019年乾坤詩刊89期春季號

卡片教堂，上帝的話

我在身體挪出

一間古老的教室

每天練習母語的叮嚀

※2019年吹鼓吹詩論壇攝影截句優選

走進墾丁小灣

妳老愛把身影

攤在離城市較遠的地方

讓雨後的影子是小灣

晴時的影子是海

為了遇見妳，我已花光

所有的好運氣

妳就愛把我困在妳的陷阱

讓我不得不，記恨妳的慧黠

我一向都是妳的虔誠粉絲

經常使用不同的口吻

設計出，愛妳的不同方法

既不能說是好，也不能說是壞

妳喜歡讓我們之間的感覺

維持在一種曖昧的解讀

如小灣輕輕的浪沫

或是黃裳鳳蝶不定的舞姿

我們經常深情，注視著彼此

研究、分析時間的走向

不停策畫，如何

從我的景走進妳的相

如何讓每一段路，都有山海的轉折

就繼續用一把鑰匙

打開墾丁的雨季

把雨勢翻譯成對白

將愛情對焦在無限遠

凝結成兩小無猜的印象

從妳的早安

持續叮嚀到妳的晚安

把床鋪和茶當作生活的起點

確認明日的座標，安頓彼此的愛

※刊載於2019年有荷文學雜誌31期

我在阿里山的日子

山風吹醒稜線的冷，霧氣
把檜木的身影拉高到百千年的層次
我想成為阿里山的鹿，眼神
有山谷的沉默，而足蹄
走過每一片落葉睡過的地方

阿里山的小徑很慢，我得
花許多心思穿越鄒族的故事
看八掌溪畔的勇士
如何把太陽拉出玉山

當城市的喧囂墜入雲海，我的心
就像紅紋鳳蝶，開始在塔山漂浮
鐵道就開始用迂迴的步伐
穿越山的遞變，在阿里山的雲端漫步

奮起湖的夜晚，有值得廝守的靜
將手合掌，就有足夠的螢光
照亮遠方的夢

要記得，找一瓶達娜伊谷的「別說冷」
倒滿一酒窩的晚安
讓阿里山的夜裡，每一個吻都能乾杯

註：「別說冷」為阿里山鄒族的小米酒名

※刊載於2019年創世紀詩刊199期夏季號

背包客的夏天

背包客的夏天，是很遠的藍
他們喜愛伴隨海風
去花東海岸破浪，去
三仙台丟棄城市的繁瑣

他們喜愛與太平洋的風握手
把寒暄，說成嘴角的文學
喜愛呼喚海鳥，叼走心靈的負擔
耐心等候黑潮，來整頓內心的喧囂

他們喜愛看著時間的影子
越過礁岩，越過壺穴
把過勞的情緒，晒出古銅色
他們一向認命，任由海浪
掏空耳門的噪音
他們等妳的足來當一隻海鳥

一齊莊嚴地佇立在東海岸

看海水回家

※刊載於2019有荷文學雜誌32期

森林樂園

當森林中那棟小木屋被獵人廢棄時
鼬獾召集了松鼠，白鼻心通知了穿山甲
他們聚在一起開會，決定接管整座廢墟
他們允許落葉在窗台休息
允許塵埃穿越晨光
來裝飾家具的老舊模樣

他們決定不修理那扇卡死的大門
進出一律改由破窗子，這樣
野狗就無法偷跑進來干擾生活的寧靜
這樣，他們就可以安心在屋裡嬉鬧
手扶梯當成溜滑梯，吊扇可以盪鞦韆

他們不允許陽光整天霸佔屋頂
他們認為清晨的屋頂要留給濃霧
好讓霧氣可以在青苔上寫日記

夜晚的屋頂要留給星光

好讓星光可以在夢中給他們靈光

他們拜託屋外的鳥雀

在清晨要用悅耳的歌聲叫醒他們

好讓他們來得及躲進森林裡

大吃野果早午餐，並與地球聊聊天

※聯副童話詩優勝作品刊登在2019年6月6日聯合報副刊

習慣是一種恆常的愛

要把一整套演練許久的愛

恆常駐守在妳的心情

時時刻刻不敢忘記

要在妳的語言

種下春天的種子

看它枝葉繁茂，花朵盛開

妳說的每一句話就成為

我每日遵行的格言

我們經常熱情擁抱

妳的風景

遂成了我的印痕

也因為經常對視

我的視野，理所當然

成為妳的遠方

我會慣性借用

妳的理性與感性為我做一些事

譬如幫我抹掉身上的傷痕

幫我抵擋城市的炮火

一向堅持要把妳的碎碎唸

安放在我的勇氣

日夜找來甜言蜜語

餵養妳的青春

直到體態有了精緻的曲線

明明知道地球上最安全的地方

也不可能沒有風雨

我沒有其他選擇

還是堅持每日為妳放晴

※2019年震怡文教基金會吾愛吾家現代詩徵選三獎

鳳蝶詩語

我們都是花季的旅人

整個陽明山的春天

都已被我們走過或飛過

所有的繁花或蟲鳴都已被欣賞或聆聽

妳舞在花叢、樹影中

我用靈魂確認，妳是風中羽化的蝶影

而羽化早已被細膩描述

滋長許多美麗，且正引領萬千風情

妳是飛近又飛離的鳳蝶，而我是風

妳是否經常使用美麗的鱗翅

去探查大地的記憶

如果需要飛一萬次，妳是否

願意從山林的最低處

飛進我夢境的最高地

妳一直相信

蝶影舞姿比妳的名字更高

也一直都相信

妳能撫順所有飛行所需的風

當妳飛舞時

我一定要付出深情、瞻望的眼神

若我已賞足了妳的蝶舞

我會遵守承諾，將詩語深情交卷

※2019年陽明山蝴蝶季詠蝶詩語徵文第二名

水社柳的呼喚

日子被推土機推倒

泥盆地逐漸被水泥地佔領

時間融化成熱浪

山，默默提領最後一片雲

在眾多山林的空位中

達爾文試圖拔除瀕危物種

他們在田野過度開發

收割昨日的迷糊

沉默的水社柳遂從現實逐漸被登出

回想當年，只要我眺望的時候

水社柳總在那裡搖曳生姿

水社柳啊！

你一定要留守，要留住歲月

留下台灣原生種的身影

你應將葉子攤平，好好聽日光的話
或讓樹葉落下，靜靜躺臥地面
想像一千年後，天空被頂高的樣子

你要披掛山中雨聲，沉默地搖曳
將枝椏盡力彎曲，折彎時序
以腳跟挖掘鬆軟的濕地
日光長，而根更長
深插入泥地中，尋找生存的密碼
直到土地看到你的卑躬屈膝

一炷香再怎麼燒
香灰也只能落在香腳下
所以，你要以扦插
長出微小的芽，復育希望
以細長根系進駐活盆地

馴服廣漠的泥炭土，讓老幹開枝散葉

一定要在田的阡陌，堆積跋涉步履
每日清晨，記得掀開塵埃
用一滴露水觀察陽光的喜惡
將舌尖伸入汨汨溪水
舔著春天，咬住希望

要緊緊抓住田埂
帶領坍塌的領域，與四季作戰
寂寞的日子總是過不完
你得深入山林的靜默，瞭解冬日的絕情
再把堅忍，植入愛的最溫潤處

到了薄暮，孤苦的雀鳥
落腳在你的肋骨

在樹枝與樹葉的空白，插入啼鳴

整座水社大山抱著你

彷彿你就是春天

你若不願讓美麗身影絕跡

就要學會複製，把星夜存檔

將水文轉殖為基因

讓身影沿著冬日的寒冷，繁衍下去

耐心等候日光推你一把

此後，在所有的日子放晴

註：水社柳（Salix kusanoi）為楊柳科柳屬的常綠落葉性
　　喬木，是台灣原生特有種。主要分布在台灣南投、宜
　　蘭、屏東低海拔山區之濕地及池塘。最早是日本人草
　　野俊助在日月潭水社部落採集到，遂名之為「水社
　　柳」。水社柳由於其育地狹隘且極度稀有，野外成熟
　　個體逐漸減少，而被林務局評估為「瀕臨絕滅」樹種。

※2019年新竹縣吳濁流文藝獎現代詩佳作

國華街美食攻略

說到台灣的美食，很自然就會想到台南。說到台南的美食，很自然就會想到保安街、海安路、國華街。對我來說，要了解台南的味道，不難，只要走進國華街就知道。

每次走進國華街，就是走進美食的記憶，總不忘在滋味上抹上一層新的感受。了解國華街的最好方法就是至少要吃三家的美食，吃完之後，你大概就能看清國華街了。

國華街的上菜時間不定，有的是早上7點，譬如富盛號碗粿。有的是早上8點，譬如阿松割包或好味紅燒土魠魚羹。而邱家小卷米粉則在中午11點營業。

至於誰來點餐，誰來品味。早一點來的都是在地人或饕客，晚一點來的，則是觀光旅遊客。至於我們則是選在接近中午時分，當肚子餓的時候，當所有感官都敏銳起來時，此時品嘗食物更能感受其美味。

吃國華街美食，一般我都是先吃富盛號碗粿，主要是

因為它很能刺激食慾，它的Q軟口感像蛇，在美食經
絡通道中潛進，逐一打開御膳房之路，若再用幾粒拍
碎的蒜頭，一下子就把油封的記憶炸開，所有口慾串
連心經與胃經，此時你已無法逆行或背叛，只能心悅
誠服當個碗粿的臣民，當然我一直確記，不能把所有
的胃口全押在一種美食，於是我就會在意猶未盡的滿
足下，轉往阿松割包。

阿松割包就像中式三明治，我最喜歡的口味是豬舌割
包，在厚實的包子外皮下，藏入的不是城市的高貴，
而是老街的傳統，譬如酸菜、譬如醃白蘿蔔、譬如又
Q又扎實的豬舌，再淋上花生醬汁，光用看的，就把
胃口接上地氣，古早味就開始呵護脆弱的鄉愁。

一道土托魚羹上來，首先，你要用所有的感官去閱
讀。你要放任眼睛巡察美食的外觀、色澤，辨別掌廚
者的用心。再緩緩深吸一口氣，看香氣如何解釋它的
味道。再來，舀一小匙湯頭，噘起嘴唇，輕吸一小

口，讓湯汁鋪滿舌頭，讓味蕾傾聽魚羹說它的精心配方。最後，咬一小塊土魠魚酥塊，緩慢咀嚼，讓魚肉的Q彈去解釋遠方大海的壯觀。一碗土魠魚羹的誘惑，挑戰的不僅是味蕾，也是挑戰你的美食記憶，土托魚羹的香氣掠過腦海，把故事從羹湯的底蘊拉回現實的滿足。

美食都需要加鹽、加油、加上鄉愁，才能提味，才能吸引人。國華街的美食是一種陪伴，是一種依附。國華街賣的不只是美食，賣的也是回憶。賣的不是城市的高貴，賣的是古早而樸實的味道。人生少了美食，就像愛人少了裝扮，總是元氣不起來。一道好菜所植入的密碼與歡樂，就像一部好電影烙印在腦海裡，陪伴我們，在城市的寂寞街巷獨行，而無所遲疑與畏懼。

※2019年第9屆台南文學獎呷美食小品文獎

南寮古道的手作工法

文明走到水泥道路的盡頭

就是荒野的起點

為了一座古道，我們化為風、變成雨

在大肚山的日常，種一棵相思樹

用來觀察時間的腳步

一棵樹幹倒下，仆在步道的邊坡

步道就有了肋骨

一塊砌石的嵌入，手作決定它的身世

芒草搖擺地說

我們會在土石上生兒育女

砌石的陰刻印模，藏著大肚山神的諭示

每條步道都有許多腳程

用來測試小徑的身世

從石頭的排列與安置

可以觀察先民手腳的進與退

石工與體力是步道流淌的血

山頂人用手撥開龍肚的毛髮

以卵石鋪出新生的小血管

讓步道緩緩路過三合院的古老

路過土角厝身上的泥濘

以西河移民的手繭，新生土地的堂號

我們手中的鐵鍬，是步道歷史的基因

閃著雄性光澤，繼續在紅礫石的間隙

崁入風聲、雨聲的祕密

在大肚山斷層挖掘出

先民在砂岩的印模

有夯壓的手作內隱知識，以及

深埋在地底下的築路傳承

在殘存的保安相思林裡
可以看到時間的影子與線條
百年緬梔花倚在土地公廟的身上
以一種療癒的姿勢觀賞旅人
時間之能輕易穿越茂密小徑
從來不是理所當然

※2019年台中文學獎新詩首獎

我是遊民

我用規面的鬍鬚
佇這介節日醒起來
用力共褲帶縛予好
開始一工的儉腸凹肚
儉腸凹肚毋是為了減肥
是為了予散赤有一个型
予身段有一个好的樣板
按呢來，個性才有銍角

莫沐江湖是阮一貫的態度
時常屈佇街仔頭的電視前
偷看都市見笑的代誌
共政治名人、影視明星的八卦背予熟
怹流目屎時，阮笑
怹失意時，阮毋知謙虛

阮恬恬覘佇棚仔腳

看戲是阮生活的方式

阮無需要攥鑽，嘛毋通傷過頭閉思

嘛毋好無愛和人相交插

若無，阮會揣無飯通吃

揣著飯這款代誌，是維持門面

維護生存必要的工藝

公園仔是我上佮意的所在

我允准所有的花草來為我跳舞

我予葉仔落來，落來我的身軀

來共我規年的穢況，整理予好勢

我予天頂落雨

當眾人紛紛逃避時

我共散赤洗乎清氣，洗出規身軀的清新

那親像我是型男、我是緣投囡仔

對彼个時陣開始,我反種

※2019年台中文學獎台語詩首獎

鐵道巷的日子

鐵道巷的日子是海做的
門鈴是浪濤做的
語言是大陳話搭配河洛話做出來的
當然還有阿美族的口音

鐵道巷的男人不怕大風大浪
他們的天是浪花，地是漁船甲板
他們看到的海不在近處，是在遠方

他們要捕捉的魚，始終
還在未抵達的海
鐵道巷的男人喜愛米酒
最美的醉意，始終
還在那瓶未喝完的酒

他們的愛人總愛注視

八尺門外很遠很遠的海，然後
說著很近很近的承諾

他們的落日，經常被海平面擱淺
他們最大的期盼，是
如何把船駛出漁港，而不沉沒
他們知道漁船的走法，更知道
漁船的命運完全決定在海的棋步

註：鐵道巷就是基隆北寧路31巷，原為台金公司運礦鐵
　　道，廢棄後，變成漁民、原住民與大陳義胞的棲身地。

※2019年基隆海洋文學獎基隆獎

在北門驛與玉山旅社之間

冬日的傍晚，陽光慢慢離開車站
伐木工人都已退隱到山頭的皺摺裡
天空低下身來整理鐵道的清冷
而蒸氣小火車載下來的山居歲月
隨著時間慢慢崩塌，但
神木仍舊活在人們記憶的最後一頁

雲海仍在鐵道的遠端值班
日落還在枕木的喘息間穿梭
而北門驛的剪票口早已睡著
鄒族的歌跨越無人看守的柵欄
任季節運走阿里山線的忙碌

於斜斜射過來的昏黃燈光下
我在玉山旅社細細讀著諸羅城
風雨不停來斷句

素顏的文字就有懷舊的面容
桃城就有滄桑、古典的臉

旅人緩緩掏出糾結的想念
點燃一縷輕菸，來撐起旅居的靈魂
許多腳印曾經在此駐紮，成為夜色
打開背包，便見小火車以Z字
走著佝僂的身影
在山的懷抱找到療癒

如果春天依約穿過朝霧
拜訪月台上每一雀躍的臉
旅人就會從每個昨天或明日
回到北門驛的售票口
回到冬天的盡頭

而玉山旅社的內將，就會依著門
等待春風來修繕荒蕪的往事

※2019年嘉義桃城文學獎新詩優選

小西巷的盡頭

小西巷的盡頭，時間
以不動的姿態老著
街巷如老藤椅靜坐，像
無風且恆舊的空氣
日常生活不脫軌也不更新
偶而因為一輛腳踏車路過而醒來
認真確認嘎嘎作響的絞鍊聲是安全的

經常可以用一條炸春捲的味道
喚醒冬眠的蛇
你撥開茶杯上猶豫不決的茶香
端詳缺了一角的杯緣
原來那是從盛世跌下來的遺跡

日光依然盛大
不遠處的媽祖廟香火也盛大

青草藥的、米粉的、肉羹的鮮味

奔走且佔領每個人的感官

在吸了滿滿的複雜味道

就無法不與舊日相撞

老派心情一旦勾出

人就要尊嚴再活一次

曾經目睹盛裝的日子

語言肥沃有情，眼神藏著氣派

街屋門廊無須修飾

優質原味比血肉真實

中藥老師傅拉開木製藥櫃

以老式桿秤秤給我們一包牛肉滷包

甘草二錢、百芷一錢、八角三錢、小茴香二錢

足以將時間熬出古早味

重建有神的面色

到舊日記憶，我們慣常

從小西巷東端進去

如果需要溫暖

則可到接昌被服廠

如果要有體面的外觀

銅鼎男裝店不會讓你抱歉

至於小小的鳥

天隆童裝也就可以抓得住

小巷時光慢，網頁流動更慢

故事以老舖為據點

以街坊記憶為經緯

喝下午茶、老人茶還是

可以等到黑夜到來

還是可以等到八卦消息一一散場

註：小西巷是彰化市的一條老街

※刊載於2019年有荷文學雜誌34期

聽，聽光與雕塑的對話

那些透亮且美麗的手藝

就要從雕塑作品穿越出來

你要傾聽光的敘述，聽

光如何與作品對話

聽光如何把形體的曲線

轉譯成靜謐的感動

靜靜凝神，細聽光

如何解釋空間的明暗

看他如何增減光影

如何調整色彩，柔化細節

呈現溫潤且純粹的形塑

足以召喚所有路過的靈魂

將每一個對話或頓悟植入記憶

以便在未來某個熟成的日子

找到最亮的自己

※2019年嘉義鐵道村轉譯藝術節詩與雕塑對話作品

印象立霧溪

立霧溪的性格一向善與山岳征戰
他從大理石岩壁，刨下土地的歷史
以塔次基里溪，收藏故事
以瓦黑爾溪，整理風雨

他蒐羅大沙溪、砂卡噹溪的聲音
切割河階、峽谷
來釋放所有的雨水
使其成為花蓮的源流

河水模擬太魯閣族的節奏
水聲潺潺，把古老部落的族語
在布洛灣洄瀾、合音
吸收日月晶華，撐起千年祖靈

立霧溪波瀾了花蓮的滔滔流水

洗淨岩壁斑駁的族群紀事

載著轟轟水聲

一路往東，奔向太平洋

※2019年後山文學獎首獎

後記

　　2016年上半年，我集結了2009年至2015年，7年間所有獲獎作品28首，以及進入決選或被選入詩選作品9首，出版了《寫給邊境的情書》這本詩集。經過4年，再次集結2016年至2019年間得獎作品23首，以及進入決選或被選入詩選，或被刊載在各類詩刊詩作25首，出版了這本《島嶼情書》，算是為自己過往4年的努力做一個完美的總結。

　　參與文學獎競賽過程，其實是辛苦且寂寞的。試想，要從數以百位計優秀、頂尖的參賽者中脫穎而出，沒有堅強實力做後盾，是很難達成的。為了寫出優質的詩，就必得挑戰且超越過去的自己。所幸在年齡不停滋長下，到了70歲還能與全國青壯派優秀詩人一較長短且不分軒輊，自覺甚為光榮也很有成就感。

　　由於文學獎競賽大都由各地方縣市政府所舉辦，一般都會要求以地方的人、事、物作為書寫內容，因此這些競賽詩作就有地景詩、地誌詩的特色。由於我喜愛旅遊、攝影，每次遊玩回來，

都會想寫下遊後的感觸，所以地方文學獎就變成我的旅遊紀錄或未來旅遊規劃的藍圖。也或許是這樣的關係，寫起詩來就更加起勁，寫出的詩就特別有臨場感，有血有肉。

2019年這一年是我的豐收年，總計獲得11個文學獎項，其中4個是首獎，這是空前的紀錄。2020年想以70歲高齡要再打破這項紀錄，實為困難，真是艱鉅的挑戰啊。

不過，既然選擇寫詩做為生活的娛樂、人生的志業，那就繼續努力寫吧！

讀詩人135　PG2430

　島嶼情書

作　　　者	曾元耀
責任編輯	林昕平
圖文排版	周怡辰
封面設計	王嵩賀

出版策劃	釀出版
製作發行	秀威資訊科技股份有限公司
	114 台北市內湖區瑞光路76巷65號1樓
	電話：+886-2-2796-3638　傳真：+886-2-2796-1377
	服務信箱：service@showwe.com.tw
	http://www.showwe.com.tw
郵政劃撥	19563868　戶名：秀威資訊科技股份有限公司
展售門市	國家書店【松江門市】
	104 台北市中山區松江路209號1樓
	電話：+886-2-2518-0207　傳真：+886-2-2518-0778
網路訂購	秀威網路書店：https://store.showwe.tw
	國家網路書店：https://www.govbooks.com.tw
法律顧問	毛國樑　律師
總 經 銷	聯合發行股份有限公司
	231新北市新店區寶橋路235巷6弄6號4F
	電話：+886-2-2917-8022　傳真：+886-2-2915-6275

出版日期	2020年5月　BOD一版
定　　　價	200元

國家圖書館出版品預行編目

島嶼情書 / 曾元耀著. -- 一版. -- 臺北市：
釀出版, 2020.05
面；　公分. --
BOD版
ISBN 978-986-445-397-9(平裝)

863.51　　　　　　　　　109006117

讀者回函卡

感謝您購買本書，為提升服務品質，請填妥以下資料，將讀者回函卡直接寄回或傳真本公司，收到您的寶貴意見後，我們會收藏記錄及檢討，謝謝！如您需要了解本公司最新出版書目、購書優惠或企劃活動，歡迎您上網查詢或下載相關資料：http:// www.showwe.com.tw

您購買的書名：_____

出生日期：_____年_____月_____日

學歷：□高中 (含) 以下　　□大專　　□研究所 (含) 以上

職業：□製造業　□金融業　□資訊業　□軍警　□傳播業　□自由業
　　　□服務業　□公務員　□教職　　□學生　□家管　□其它_____

購書地點：□網路書店　□實體書店　□書展　□郵購　□贈閱　□其他

您從何得知本書的消息？

　□網路書店　□實體書店　□網路搜尋　□電子報　□書訊　□雜誌

　□傳播媒體　□親友推薦　□網站推薦　□部落格　□其他_____

您對本書的評價：(請填代號　1.非常滿意　2.滿意　3.尚可　4.再改進)

　封面設計____　版面編排____　內容____　文／譯筆____　價格____

讀完書後您覺得：

　□很有收穫　□有收穫　□收穫不多　□沒收穫

對我們的建議：_____

_____

_____

_____

11466
台北市內湖區瑞光路 76 巷 65 號 1 樓

秀威資訊科技股份有限公司　　　收

BOD 數位出版事業部

....

（請沿線對折寄回，謝謝！）

姓　　　名：＿＿＿＿＿＿＿＿＿　　年齡：＿＿＿＿　　性別：□女　□男

郵遞區號：□□□□□

地　　　址：＿＿＿＿＿＿＿＿＿＿＿＿＿＿＿＿＿＿＿＿＿＿＿＿＿＿＿

聯絡電話：(日) ＿＿＿＿＿＿＿＿＿＿＿　(夜) ＿＿＿＿＿＿＿＿＿＿＿＿

E-mail：＿＿＿＿＿＿＿＿＿＿＿＿＿＿＿＿＿＿＿＿＿＿＿＿＿＿＿